Petit monde vivant

LES GORILLES DE MONTAGNE

Bobbie Kalman et Kristina Lundblad

Traduction : Marie-Josée Brière

Les gorilles de montagne est la traduction de *Endangered Mountain Gorillas* de Bobbie Kalman et Kristina Lundblad (ISBN 0-7787-1901-4) ©2005, Crabtree Publishing Company, 612, Welland Ave., St.Catharines, Ontario, Canada L2M 5V6

Catalogage avant publication de Bibliothèque et Archives nationales du Québec et Bibliothèque et Archives Canada

Kalman, Bobbie, 1947-

    Les gorilles de montagne

    (Petit monde vivant)
    Traduction de : Endangered mountain gorillas.
    Pour enfants de 6 à 10 ans.

    ISBN 978-2-89579-230-7

1. Gorille - Ouvrages pour la jeunesse. 2. Espèces en danger - Ouvrages pour la jeunesse. I. Lundblad, Kristina. II. Titre. III. Collection: Kalman, Bobbie, 1947- . Petit monde vivant.

QL737.P96K3414 2009   J599.884   C2008-942554-5

Recherche de photos
Crystal Foxton

Conseillère
Patricia Loesche, Ph. D., Programme de comportement animal, Département de psychologie, Université de Washington

Photos
Joe McDonald : page 30
Minden Pictures : Konrad Wothe : pages 15 (en bas), 17, 20 et 22 ; Gerry Ellis : pages 24, 25 et 28
Bruce Davidson/naturepl. com : page 10
Michael Leach/NHPA : page 26
© Fritz Polking/Visuals Unlimited : page 13
© Wolfgang Kaehler, www.wkaehlerphoto.com : page 27
Autres images : Digital Stock et Digital Vision

Nous reconnaissons l'aide financière du gouvernement du Canada par l'entremise du Programme d'aide au développement de l'industrie de l'édition (PADIÉ) pour nos activités d'édition.

 Conseil des Arts   **Canada Council**
  du Canada   **for the Arts**

Bayard Canada Livres Inc. remercie le Conseil des Arts du Canada du soutien accordé à son programme d'édition dans le cadre du Programme des subventions globales aux éditeurs.

Cet ouvrage a été publié avec le soutien de la SODEC.
Gouvernement du Québec – Programme de crédit d'impôt
pour l'édition de livres – Gestion SODEC.

Dépôt légal – 1ᵉ trimestre 2009
Bibliothèque nationale du Québec
Bibliothèque nationale du Canada

Direction :   Andrée-Anne Gratton
Graphisme :   Mardigrafe
Traduction :   Marie-Josée Brière
Révision :   Johanne Champagne

© Bayard Canada Livres inc., 2009
4475, rue Frontenac
Montréal (Québec)
Canada H2H 2S2
Téléphone : (514) 844-2111 ou 1 866 844-2111
Télécopieur : (514) 278-3030
Courriel : edition@bayard-inc.com
Site Internet : www.bayardlivres.ca

Imprimé au Canada
Fiches d'activités disponibles sur www.bayardlivres.ca

Table des matières

En péril !

Les gorilles de montagne sont des animaux en péril, ce qui veut dire qu'ils risquent de disparaître de notre planète pour toujours. Il y avait autrefois des milliers de gorilles de montagne vivant à l'état sauvage, en pleine nature. Il en reste aujourd'hui moins de 380.

Des animaux en difficulté

On dénombre aujourd'hui sur la Terre plus de 1 000 espèces connues d'animaux en péril. Dans quelques années, certaines de ces espèces auront complètement disparu.
Les gorilles de montagne sont particulièrement menacés.
Tu apprendras dans ce livre à quoi ressemblent ces animaux, pourquoi ils sont en difficulté et comment les humains peuvent les aider.

Quelques mots à retenir

Les scientifiques emploient différents termes pour désigner les animaux en péril. Voici ce que signifient quelques-uns d'entre eux.

vulnérables Décrit les animaux qui pourraient être un jour menacés de disparition.

menacés Décrit les animaux qui risquent de disparaître de la Terre pour toujours.

en voie de disparition Décrit les animaux qui sont sur le point de disparaître à l'état sauvage.

disparus Décrit les animaux qui n'existent plus nulle part ou que personne n'a vus depuis au moins 50 ans à l'état sauvage.

Qu'est-ce qu'un gorille de montagne?

Les gorilles de montagne sont de gros animaux, mais ils sont doux et pacifiques. Ils se battent rarement, entre eux ou avec d'autres animaux.

Les gorilles de montagne sont des mammifères. Comme tous les mammifères, ce sont des animaux à sang chaud. Leur corps reste à peu près toujours à la même température, qu'il fasse chaud ou qu'il fasse froid autour d'eux. Les mammifères ont une colonne vertébrale, et la plupart ont le corps couvert de poils ou de fourrure. Les bébés boivent le lait de leur mère.

Des primates

Les gorilles de montagne font partie d'un groupe de mammifères appelés « primates ». Il existe plus de 250 espèces de primates. Ces animaux intelligents regroupent les singes, les lémuriens, les grands singes et les humains. Les gorilles de montagne font partie de la famille des grands singes, qui sont les plus grands des primates. Tous les grands singes sont en péril.

Cinq sous-espèces de gorilles

Les gorilles de montagne forment une des cinq sous-espèces de gorilles. Ces sous-espèces sont réparties en deux groupes : celui de l'Est et celui de l'Ouest. Les gorilles des plaines de l'Est, les **gorilles de Bwindi** et les gorilles de montagne font partie du groupe de l'Est, tandis que les gorilles des plaines de l'Ouest et les gorilles de la rivière Cross appartiennent au groupe de l'Ouest. Tous ces gorilles vivent dans des régions distinctes d'Afrique. Même s'ils sont loin les uns des autres, ils sont tous menacés par les mêmes dangers.

Les gorilles des plaines de l'Ouest vivent dans les forêts tropicales humides d'Afrique de l'Ouest.

Des gorilles en péril

Les gorilles des plaines de l'Est et ceux des plaines de l'Ouest (à gauche) sont deux sous-espèces menacées, tandis que les gorilles de montagne, les gorilles de la rivière Cross et les gorilles de Bwindi sont en voie de disparition. Les scientifiques tentent d'**estimer** le nombre total de gorilles à l'état sauvage. Ce nombre est difficile à établir avec exactitude parce que les gorilles ne vivent pas près des humains.

L'habitat des gorilles

L'habitat d'un animal, c'est l'endroit où on le retrouve dans la nature. Les gorilles de montagne vivent dans les forêts fraîches et brumeuses qui couvrent les volcans Virunga. Ces huit volcans, entourés d'autres montagnes, sont situés dans le centre de l'Afrique, à la frontière du Rwanda, de l'Ouganda et de la République démocratique du Congo. Le plus haut de ces volcans atteint 4 507 mètres. La plupart des gorilles de montagne vivent en haute altitude, à plus de 3 500 mètres ! Les forêts des volcans Virunga abritent aussi d'autres animaux, par exemple des antilopes, des singes dorés et des buffles de forêt.

8

Le corps des gorilles

Les gorilles de montagne ont le corps entièrement couvert de poils d'un noir brunâtre, sauf la face, la paume des mains et la plante des pieds. Leurs poils sont plus longs que ceux des autres gorilles, ce qui les protège du froid dans les hautes montagnes où ils vivent.

Les gorilles de montagne sont des animaux très puissants. Les mâles sont environ deux fois plus gros que les femelles. Ils pèsent autour de 180 kilos, alors que les femelles dépassent rarement les 90 kilos.

À quatre pattes

Le corps des gorilles de montagne est parfaitement adapté aux déplacements dans les montagnes. Debout sur leurs jambes, ces animaux mesurent environ 1,8 mètre. Ils marchent cependant à quatre pattes, en prenant appui sur la plante de leurs pieds et en faisant porter leur poids sur les jointures de leurs doigts repliés. C'est ce qu'on appelle « marcher sur les **phalanges** ». Les gorilles de montagne sont capables de courir, mais ils préfèrent se déplacer lentement.

Les jambes du gorille de montagne sont plus courtes que ses bras.

Le gorille de montagne a cinq doigts sur chaque main et cinq orteils sur chaque pied.

Les mâles développent avec l'âge une bosse faite d'os, de muscles et de poils qui fait paraître leur tête plus grosse que celle des femelles.

Bien accrochés

Comme tous les primates, les gorilles de montagne ont un pouce et quatre autres doigts. Tous leurs doigts se terminent par un ongle et laissent une empreinte digitale particulière. Les mains des gorilles de montagne sont préhensiles, c'est-à-dire que les gorilles peuvent s'en servir pour prendre des objets ou pour s'accrocher aux branches des arbres.

Le cycle de vie du gorille

Tous les êtres vivants passent, au cours de leur existence, par une série de changements qu'on appelle un « cycle de vie ». Le cycle de vie du gorille de montagne commence dans le ventre de sa mère. C'est là que le bébé se développe pendant huit à neuf mois, jusqu'à ce qu'il soit prêt à naître.

La femelle n'a généralement qu'un seul petit à la fois, mais il arrive qu'elle donne naissance à des jumeaux. Le jeune gorille de montagne est appelé « juvénile » jusqu'à ce qu'il devienne adulte. Il peut alors s'accoupler, c'est-à-dire s'unir avec un autre individu de son espèce pour faire des bébés.

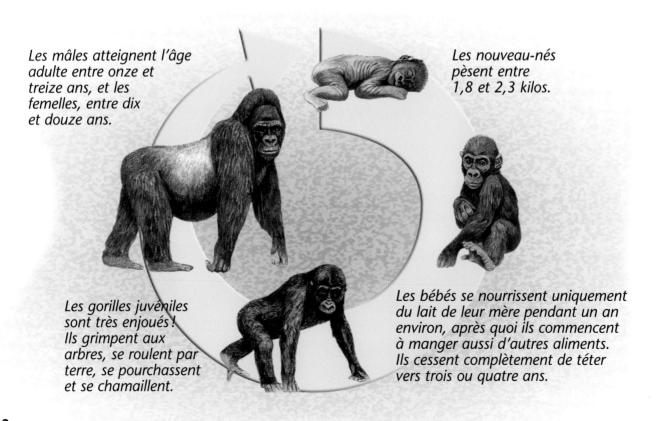

Les mâles atteignent l'âge adulte entre onze et treize ans, et les femelles, entre dix et douze ans.

Les nouveau-nés pèsent entre 1,8 et 2,3 kilos.

Les gorilles juvéniles sont très enjoués ! Ils grimpent aux arbres, se roulent par terre, se pourchassent et se chamaillent.

Les bébés se nourrissent uniquement du lait de leur mère pendant un an environ, après quoi ils commencent à manger aussi d'autres aliments. Ils cessent complètement de téter vers trois ou quatre ans.

On grandit!

Les petits gorilles de montagne grandissent vite. À trois ou quatre mois, ils sont capables de s'asseoir et de ramper. Peu après, ils réussissent à se tenir debout. Grâce à leurs mains préhensiles, ils s'accrochent solidement aux poils du ventre de leur mère. Quand ils sont un peu plus vieux, et plus forts, ils se promènent agrippés sur son dos. Les gorilles juvéniles suivent leur mère partout pendant trois ou quatre ans. Après s'être séparés d'elle, ils restent encore quelques années avec le même groupe familial (va voir aux pages 14 et 15).

Un nouveau groupe

Les mâles quittent le groupe vers l'âge de onze ans, pour vivre seuls en attendant de trouver une partenaire. Un mâle et une femelle vont ensuite s'accoupler et former un nouveau groupe familial.

L'espérance de vie d'un animal, c'est la durée probable de son existence. Les gorilles de montagne vivent généralement de 40 à 50 ans.

13

Les groupes familiaux

Les gorilles de montagne vivent en groupes composés de membres d'une même famille : parfois seulement deux, parfois jusqu'à trente, mais généralement de cinq à dix. Les animaux de chaque groupe s'occupent les uns des autres et se protègent mutuellement. La plupart des groupes comprennent un mâle âgé, qu'on appelle « dos argenté » parce que sa fourrure a pris avec le temps une teinte gris argenté. On qualifie les jeunes mâles de « dos noirs » parce que la couleur de leur fourrure n'a pas encore changé.

Les groupes de gorilles comprennent souvent un ou deux jeunes mâles, quelques femelles, des jeunes et des bébés.

Le chef de la bande

Chaque groupe de gorilles de montagne a pour chef le plus gros et le plus fort de ses mâles adultes. Il s'agit presque toujours d'un dos argenté. Il peut y avoir dans le groupe quelques dos argentés, mais jamais plus d'un mâle **dominant**.

C'est moi qui décide !

Le dos argenté dominant est responsable des déplacements quotidiens du groupe, à la recherche de nourriture. C'est lui qui décide quand et où le groupe va se reposer. C'est aussi le père de la plupart des bébés du groupe.

Les dos argentés protègent les membres de leur groupe et les empêchent de se battre.

Les dos argentés sont très patients avec les jeunes membres de leur groupe familial. Ils jouent avec eux et les laissent s'accrocher à leurs poils pour se promener sur leur dos.

Le comportement des gorilles

Manger et dormir

Les gorilles de montagne passent chaque jour beaucoup de temps à manger. Et la nuit, pour dormir, ils se fabriquent des nids. Les petits gorilles, plus légers, s'installent souvent dans les arbres, tandis que les gorilles plus lourds se font un nid au sol, dans l'herbe. Les mères partagent leur nid avec leurs petits.

Se nettoyer

La propreté est très importante pour que les gorilles restent en santé. C'est une des raisons pour lesquelles ils se font mutuellement leur toilette. Avec leurs lèvres et leurs doigts, ils enlèvent la poussière et les insectes qui salissent la fourrure de leurs congénères. Les mères font aussi la toilette de leurs petits.

Le langage des gorilles

Les gorilles de montagne communiquent par sons et par **gestes**, ainsi que par leurs expressions faciales. C'est ainsi qu'ils s'envoient des messages. Après les repas, par exemple, ils grognent et ronronnent doucement pour montrer qu'ils ont assez mangé.

En colère

Pour manifester leur colère, les gorilles de montagne ouvrent la bouche et montrent leurs dents. Les dos argentés poussent des cris stridents pour garder les membres du groupe tous ensemble. Les femelles grognent quand elles disputent leurs petits.

*Quand son groupe est menacé par un intrus, le dos argenté dominant se lève sur ses pattes arrière, se frappe la poitrine, montre les dents et fait semblant de **charger**. Ce comportement vise à intimider l'intrus sans lui faire mal.*

L'alimentation des gorilles

Les gorilles de montagne passent plusieurs heures chaque jour à chercher de la nourriture et à manger. Ce sont des herbivores, ce qui veut dire qu'ils se nourrissent surtout de plantes. Ils trouvent à manger dans les parties dégagées de la forêt, plus ensoleillées, où les plantes poussent en abondance.

Les gorilles de montagne mangent différents types de plantes, et différentes parties de plantes, par exemple des feuilles, des fleurs, des fruits, des pousses de bambou et des racines. Ils n'ont pas besoin de boire beaucoup d'eau parce qu'ils en trouvent suffisamment dans ces plantes.

Trouver à manger

Pour se nourrir, les gorilles de montagne secouent les arbres pour faire tomber les fruits des branches hautes ou cueillent simplement ceux qui poussent sur les branches basses. Ils montent parfois dans les arbres pour atteindre certains aliments, mais ce ne sont pas de bons grimpeurs. Une fois rendus en haut, il leur faut parfois beaucoup de temps pour redescendre !

Un gorille mâle adulte peut manger jusqu'à 23 kilos de plantes en une journée !

La destruction de l'habitat

La destruction de l'habitat est la principale menace qui pèse sur les gorilles de montagne. L'habitat d'un animal, c'est l'endroit où il vit et se nourrit. Les humains détruisent cet habitat lorsqu'ils défrichent les forêts pour cultiver la terre, en y enlevant toute végétation. Comme les humains sont de plus en plus nombreux sur la Terre, il leur faut de plus en plus d'espace et de nourriture. Les gens pratiquent donc l'agriculture là où il y avait auparavant des arbres et des plantes sauvages. Ils élèvent aussi du bétail dans les zones défrichées. Les gorilles de montagne doivent alors faire concurrence aux humains et au bétail pour se nourrir.

*Quand ils occupent les terres où vivaient des gorilles de montagne, les gens créent souvent de la **pollution**, par exemple en y laissant des déchets ou en faisant beaucoup de bruit, ce qui dérange les gorilles.*

Des zones de guerre

Certaines personnes ont également envahi l'habitat des gorilles de montagne pour échapper à la guerre. En 1994, une guerre au Rwanda a forcé beaucoup de gens à quitter leurs maisons et à se réfugier dans les forêts. Afin de survivre, ces gens ont parfois dû chasser les gorilles pour les manger ou pour vendre des parties de leur corps. Il y a encore des combats dans certaines régions du Rwanda, de l'Ouganda et de la République démocratique du Congo. L'habitat des gorilles de montagne est menacé dans ces trois pays.

Quand les gens construisent des routes dans la forêt, les chasseurs atteignent plus facilement les gorilles de montagne qui y vivent.

Une population en baisse

*Les gorilles de montagne ont peu de **prédateurs** naturels. Ils se font parfois tuer par des léopards, mais les humains sont certainement leurs principaux prédateurs.*

Une population, c'est le nombre total d'animaux de la même espèce dans un endroit donné. La population des gorilles de montagne est très réduite parce que ces animaux n'ont pas beaucoup de bébés. Ni les mâles, ni les femelles ne peuvent s'accoupler avant l'âge de dix ans, et les femelles n'ont qu'un seul bébé à tous les trois ou quatre ans.

Des bébés qui meurent

De plus, les quelques bébés qui naissent n'atteignent pas toujours l'âge adulte. Beaucoup de jeunes gorilles sont tués par des chasseurs ou par des maladies avant d'être en âge de faire des bébés à leur tour. La population diminue donc encore plus puisque les animaux qui meurent ne pourront pas se reproduire.

La chasse aux gorilles

Les braconniers sont des chasseurs qui tuent des animaux illégalement. Certains d'entre eux abattent des gorilles de montagne pour vendre des parties de leur corps. D'autres installent des pièges destinés à d'autres animaux qui vivent dans les montagnes, par exemple les antilopes et les potamochères, qu'on appelle aussi « cochons d'eau ». Les gorilles de montagne se font parfois prendre dans ces pièges.

Des voleurs de bébés

Les braconniers volent aussi des bébés gorilles de montagne pour les vendre comme animaux de compagnie. Comme les femelles sont très protectrices, elles sont souvent abattues par les braconniers qui veulent s'emparer de leurs petits. Il arrive même que des braconniers tuent tout un groupe de gorilles pour prendre un seul bébé !

En lieu sûr

Il y a beaucoup de gens qui s'efforcent de protéger les gorilles de montagne. Par exemple, des **parcs nationaux** ont été créés dans les secteurs de leur habitat qui n'ont pas encore été détruits. Dans ces parcs, les gorilles de montagne peuvent se déplacer, se nourrir et se faire des nids en toute liberté. Les arbres et les autres plantes dont ils ont besoin pour se nourrir et s'abriter des intempéries sont à leur portée. Des animaux d'autres espèces vivent également dans ces parcs, où ils sont protégés eux aussi.

*Même si beaucoup de gorilles vivent dans des zoos, il n'y a pas de gorilles de montagne en **captivité.** Les propriétaires des zoos n'en acceptent pas parce que ces animaux sont en péril. Les gorilles qu'on trouve dans les zoos sont généralement des gorilles des plaines de l'Est ou de l'Ouest.*

Sous surveillance

Dans les parcs nationaux, des scientifiques et des *rangers* font des patrouilles tous les jours. Ils suivent les déplacements des gorilles de montagne et des autres animaux, et ils aident ceux qui sont malades ou blessés. Les *rangers* tentent aussi de protéger les animaux contre les braconniers, par exemple en enlevant tous les pièges que ceux-ci ont installés. En temps de guerre, les *rangers* comme celui qu'on voit ci-dessus risquent parfois leur vie pour protéger les gorilles de montagne !

L'observation des gorilles

Les gorilles de montagne intéressent beaucoup de gens. Des voyageurs du monde entier se rendent en Afrique exprès pour les observer de près. On dit de ces voyageurs qui viennent observer les animaux dans leur milieu naturel qu'ils font de l'« écotourisme ». Ils sont prêts à payer environ 250 $ chacun simplement pour passer une heure avec les gorilles! Leur argent sert à protéger les gorilles de montagne et les forêts dans lesquelles ils vivent. Les touristes dépensent aussi beaucoup d'argent dans les régions qu'ils visitent. L'écotourisme rapporte ainsi des millions de dollars chaque année à l'Ouganda, au Rwanda et à la République démocratique du Congo. Ces sommes aident les gens et les entreprises de ces pays.

Des maladies dangereuses

Les gens qui vont observer les gorilles de montagne doivent faire très attention de ne pas leur transmettre des maladies. En effet, les gorilles peuvent attraper des humains des maladies, comme la **pneumonie**, qui sont dangereuses pour eux. Si un gorille contracte une de ces maladies, les autres membres du groupe peuvent être contaminés. Même une maladie relativement inoffensive pour les humains peut tuer toute une population de gorilles. Les touristes se rendent donc en forêt en compagnie de guides chargés de s'assurer qu'ils ne s'approchent pas trop des animaux. Ils doivent aussi recevoir des **vaccins** avant d'aller dans les régions où vivent des gorilles.

Les touristes qui vont voir les gorilles de montagne doivent respecter des règles strictes. Des guides spécialement formés veillent à ce qu'ils ne dérangent pas les animaux.

Pour aider les gorilles

Il y a différentes façons d'aider les gorilles de montagne. Certains scientifiques vont les étudier dans la nature. Ils les observent pour savoir ce que ces animaux mangent et de quoi ils ont besoin pour survivre. Ils étudient aussi leur comportement. D'autres scientifiques travaillent avec les populations locales, par exemple dans la région des volcans Virunga, pour leur montrer à cultiver la terre plus efficacement sans défricher davantage la forêt. D'autres, enfin, s'efforcent de faire adopter des lois visant à punir les braconniers et les gens qui achètent des parties d'animaux tués illégalement.

Une scientifique passionnée

La Fondation Dian Fossey est une organisation internationale vouée à la protection des gorilles de montagne. Elle porte le nom d'une scientifique qui a vécu avec les gorilles, en Afrique, pendant 22 ans. Dian Fossey a aussi fondé le centre de recherche Karisoke au Rwanda. Aujourd'hui, sa fondation continue d'étudier les gorilles de montagne et de chercher de meilleurs moyens de les protéger.

De bonnes nouvelles!

Les efforts pour aider les gorilles de montagne portent fruit! Ces animaux sont encore en péril, mais les nombreuses personnes qui les étudient et les protègent réussissent quand même à changer les choses. En 1989, les scientifiques estimaient qu'il y avait 324 gorilles de montagne à l'état sauvage. En 2003, ils ont fait un nouveau décompte et ils en sont arrivés à un chiffre de 380 individus, répartis entre 30 groupes familiaux différents. Tu verras dans les pages suivantes comment tu peux aider toi aussi à sauver les gorilles de montagne.

Comment faire ta part

Les gorilles de montagne ont beau vivre loin de chez toi, tu peux quand même les aider ! Commence par apprendre le plus de choses possible sur ces animaux fascinants et partage ensuite tes connaissances avec d'autres. Savais-tu, par exemple, que les jeunes gorilles de montagne perdent leurs dents comme les enfants ? À l'âge de cinq ou six ans, en effet, leurs dents de lait commencent à tomber. Elles sont ensuite remplacées par de nouvelles dents. C'est amusant, n'est-ce pas ? Pour informer tes amis, à l'école, tu pourrais écrire une histoire sur une famille de gorilles de montagne. Tu pourrais même illustrer ton histoire en dessinant des gorilles dans leur habitat en forêt.

Va voir sur Internet

Tu trouveras sur les sites suivants une foule d'informations sur les gorilles de montagne et d'autres grands singes en péril :

- www.grands-singes.com
- www.janegoodall.fr/htfr/gorille.htm
- www.wwf.be/fr/juniors/doc/dossiers/dossier_singes.htm
- www.wwf.ch/fr/lewwf/notremission/especes/ gorilledemontagne.cfm

En protégeant l'habitat des gorilles de montagne, on protège aussi des milliers d'autres animaux et de plantes qui vivent dans la même région.

Glossaire

captivité Le fait de vivre dans un endroit où l'on est enfermé, par exemple un zoo

charger Attaquer en fonçant vers l'avant

dominant Se dit d'un animal qui est responsable d'un groupe d'animaux ou qui exerce un contrôle sur eux

estimer Compter de manière approximative plutôt qu'exacte

geste Mouvement de la main ou du corps qui sert à communiquer

gorille de Bwindi Sous-espèce de gorille qui vit dans le parc national de la forêt impénétrable de Bwindi, en Ouganda, et qui n'a pas encore de nom scientifique

parc national Territoire réservé par un pays pour protéger les plantes et les animaux qui y vivent

phalange Chacun des os qui forment un doigt ou un orteil

pneumonie Maladie causée par un microbe entraînant une inflammation des poumons, qui se remplissent de liquide

pollution Dégradation d'un endroit, par exemple par des matières dange-reuses, ce qui le rend malsain pour les organismes vivants

prédateur Animal qui en chasse d'autres pour se nourrir

vaccin Substance qu'on avale ou qu'on se fait injecter pour se protéger contre certaines maladies

Index